# OBJETS D'ART

## ET DE CURIOSITÉ

### COUTELLERIE ANCIENNE

### FAIENCES

### CUIVRES VÉNITIENS

### MEUBLES EN BOIS SCULPTÉ

## TAPISSERIES ET TAPIS

### EXPOSITIONS

*Particulière*
LE DIMANCHE 24 MARS 1872

*Publique*
LE LUNDI 25 MARS 1872

M° CHARLES PILLET,
COMMISSAIRE-PRISEUR
10, rue de la Grange-Batelière

M. CHARLES MANNHEIM,
EXPERT
rue Saint-Georges, 7

# CATALOGUE

D'UNE COLLECTION

# D'OBJETS D'ART

## ET DE CURIOSITÉ

Meubles et Panneaux en bois sculpté de la Renaissance;

Sculptures en bois et en ivoire;

Faïences anciennes des fabriques de Gubbio, Urbino, Faënza, Deruta,

Hispano - Arabe, de Bernard Palissy, de Delft et autres;

Grès de Flandres; Coutellerie ancienne;

Chenets en fer et en bronze du XVI$^e$ siècle; Plat en étain de Briot;

Cuivres vénitiens; Objets variés; Étoffes anciennes.

---

## TAPISSERIES ET TAPIS

DONT LA VENTE AURA LIEU

### HOTEL DROUOT, SALLE N° 3,

## Le Mardi 26 Mars 1872

A DEUX HEURES

---

Par le ministère de M⁰ CHARLES PILLET, commissaire-priseur,
rue de la Grange-Batelière, 10.

Assisté de M. CHARLES MANNHEIM, expert, rue Saint-Georges, 7.

*Chez lesquels se trouve le présent Catalogue*

---

EXPOSITIONS
{ *PARTICULIÈRE:* le Dimanche 24 Mars 1872.
{ *PUBLIQUE:* le Lundi 25 Mars 1872.

DE UNE HEURE A CINQ HEURES

---

## CONDITIONS DE LA VENTE

Elle sera faite au comptant.

Les adjudicataires payeront *cinq pour cent* en sus des enchères.

L'exposition mettant le public à même de se rendre compte de l'état des objets, il ne sera admis aucune réclamation une fois l'adjudication prononcée.

Paris. — Typ. PILLET fils aîné, rue des Grands-Augustins, 5.

# DÉSIGNATION DES OBJETS

## MEUBLES ET PANNEAUX

1 — Très-beau coffre en bois sculpté du xviᵉ siècle. Le
devant se compose de deux panneaux à personnages et ornements séparés par trois cariatides de
femmes.

2 — Beau dessus de meuble en bois sculpté du xviᵉ siècle.
Il est divisé en trois panneaux à personnages séparés
par des colonnes à chapiteaux corinthiens et surmonté
d'une corniche à moulures.

3 — Très-beau panneau en bois sculpté du xviᵉ siècle,
représentant la Vierge et l'enfant Jésus dans un
paysage.

4 — Très-belle frise dite porte-canette en bois sculpté
du xviᵉ siècle, ornée de consoles à têtes de lion, de
chevaux marins et de guirlandes de fleurs.

5 — Deux jolis petits panneaux en bois de houx sculpté,
provenant d'un cabinet du xvi<sup>e</sup> siècle. Ils sont ornés
d'un côté de bustes, de personnages et d'ornements
très-finement sculptés, et de l'autre, d'une fleur
de lys.

6 — Beau tabouret du temps de Louis XIV, en bois
sculpté et doré, couvert d'une tapisserie au petit point,
ornée au centre d'un chiffre surmonté d'une cou-
ronne.

7 — Beau fauteuil du temps de Louis XIV en bois sculpté
garni d'une bande de tapisserie au petit point.

8 — Fragment de cadre de glace en bois sculpté et doré.
Epoque Louis XIV.

## FAIENCES ITALIENNES

9 — Fabrique de Gubbio. — Beau plat rond à décor à
reflets métalliques, rouge rubis et bleu nacré. Au
centre, tête de vieillard sur fond bleu. Le reste du plat
est couvert par des branches de chêne enlacées se déta-
chant sur un fond bleu et jaune d'ocre.

10 — Fabrique d'Urbino. — Vase de forme ovoïde à gou-
lot décoré de figures dans un paysage. L'anse est for-
mée par une tête de satyre.

11 — Même fabrique. — Petit vase modèle cornet décoré de grotesques sur fond blanc.

12 — Fabrique de Faënza. — Petit plat rond décoré au centre d'une figure d'Amour sur fond bleu, et au bord d'ornements, mascarons et cornes d'abondance en camaïeu sur fond gros bleu.

13 — Fabrique de Deruta. — Petit plat rond, décor à reflets bleu nacré dit à queue de paon.

14 — Fabrique de Castel-Durante. — Vase à une anse décoré de deux bustes d'hommes et d'ornements.

15 — Fabrique hispano-arabe. — Plat rond à arêtes et points saillants ; décor à reflets métalliques rouges.

16 — Même fabrique. — Plat rond de même style à reflets mordorés.

17 — Même fabrique. — Plat rond à feuillages saillants et à ombilic ; décor à reflets métalliques mordorés.

18 — Même fabrique. — Plat analogue à celui qui précède.

19 — Fabrique de Castelli. — Deux petites assiettes e deux tasses décorées de figures.

# FAIENCES DE BERNARD PALISSY

20 — Plat ovale en faïence de Bernard Palissy; modèle connu sous le nom de : la Belle Jardinière. Bordure à palmettes sur fond blanc.

21 — Petit plat ovale à reptiles, feuillages et coquilles, sur fond émaillé brun.

22 — Petite coupe ronde à bord festonné et fleuronné, décoré d'une rosace verte entourée de mascarons en relief émaillés blanc.

23 — Petite coupe ronde : Persée délivrant Andromède.

24 — Petite coupe ovale à salières; la cavité centrale est jaspée, les quatre autres, émaillées bleu, sont séparées par des ornements découpés à jour.

25 — Statuette : Sainte Madeleine en prière.

# GRÈS DE FLANDRES
# ET FAIENCES DIVERSES

26 — Grande cruche en grès émaillé gris et bleu à figures, fleurs et ornements en relief.

27 — Petite cruche portant en bas-relief les bustes de
Louis XIV jeune et de Marie-Thérèse, encadrés de
fleurs et d'ornements émaillés bleu, violet et gris. Date
de 1679.

28 — Cruche en grès émaillé brun, à figures et ornements
en relief et portant des inscriptions en vieux flamand.

29 — Pot en terre émaillée de Munich, à buste, fleurs et
ornements rehaussés d'or sur fond brun. Date de 1676.

30 — Petit pot en terre émaillée de Munich, décoré d'un
sujet de chasse en relief. Date de 1682.

31 — Belle paire de potiches en faïence hollandaise, fond
blanc à dessins en camaïeu bleu.

32 — Deux jolies statuettes en faïence, représentant l'Ar-
chitecture et la Peinture.

33 — Beau cache-pot à deux anses et à couvercle, en ancienne faïence de Delft, décoré de fleurs et d'oiseaux
en émaux de couleurs de style chinois.

34 — Deux petits tableaux en ancienne faïence de Delft, à
décor en camaïeu bleu : Marines.

35 — Pot en ancienne faïence de Rouen, décor poly-
chrome à médaillons de personnages.

# COUTELLERIE ANCIENNE

36 — Couteau et fourchette à manches d'ivoire sculpté ; nymphes et satyres.

37 — Deux couteaux à manches d'ivoire ; figure de Minerve debout et groupe de trois figures et fleurs. La lame de ce dernier porte l'inscription suivante : *C'est une belle fleur que l'amour, elle devrait durer toujours*. 1770.

38 — Deux fourchettes à manches d'ivoire ; la Justice et saint personnage.

39 — Trois manches en bois sculpté, composés chacun d'un groupe de deux figures. Deux sont garnis de lames de couteaux.

40 — Couvert à manches en corne sculpté à tête de bouc.

41 — Trois couteaux à manches en buis sculpté à figures.

42 — Deux couteaux et une fourchette à manches d'ivoire sculpté à figures. XVI<sup>e</sup> siècle.

43 — Deux couteaux à manches en bois sculpté ; l'un d'eux surmonté d'un lion couché.

44 — Trois pièces : couteau à manche incrusté d'argent,
portant l'inscription : *Margreta geborne von Falcken-
berghe* et couvert à manches en bois incrusté d'argent.
xvi<sup>e</sup> siècle.

45 — Fourchette et deux couteaux à manches se terminant
par des têtes de chérubins et des ornements en argent
ciselé. xvii<sup>e</sup> siècle.

46 — Deux pièces : couteau à manche d'ivoire incrusté et
fourchette pliante en écaille et argent.

47 — Deux couteaux, l'un d'eux avec manche en cuivre
émaillé se terminant par un buste de femme; l'autre,
de travail corse avec manche à jour.

48 — Deux fourchettes, dont l'une à manche en ambre et
l'autre en argent, et un couteau à manche d'émail.

49 — Gaîne en cuir gaufré, garni de couteau et fourchette
à manches en corne de cerf.

50 — Couteau et fourchette avec gaîne en cuivre émaillé
bleu.

51 — Gaîne en bois sculpté à figures et sujets tirés de
l'Ancien et du Nouveau Testament. Date de 1576.

52 — Etui en bois sculpté à figures et ornements.

53 — Petite gaîne en ivoire sculpté à figures, ornements et armoiries. xvi⁰ siècle.

54 — Gaîne en velours violet et cuivre doré.

55 — Cuiller en argent surmontée d'une figurine de saint personnage et poinçon à manche à jour.

## OBJETS VARIÉS

56 — Belle paire de chenets vénitiens du xvi⁰ siècle en cuivre, ornés de bustes de femmes, de têtes de lion et d'ornements gravés.

57 — Beau Christ en cuivre doré et repoussé du xvi⁰ siècle, dans son cadre de l'époque, à moulures et à fronton sculpté.

58 — Belle bague en or du xv⁰ siècle, portant la devise : *Je ne puis*, séparée par des couronnes fleurdelisées.

59 — Deux belles plaques de porte en fer repoussé du xvi⁰ siècle. L'une est ornée d'un mascaron et l'autre des trois croissants de Diane de Poitiers.

60 — Cartel porte-montre en bronze ciselé et doré. Époque Louis XV.

61 — Jolie statuette d'homme en bois sculpté du xvi<sup>e</sup> siècle.


62 — Beau plat rond en cuivre gravé, à figures et ornements par ORATIO FORTEZZA DA SEDENICO. Il offre dans
des médaillons des sujets tirés de l'histoire romaine,
des bustes, etc., et porte des inscriptions indicatives des
sujets. Venise, xvi<sup>e</sup> siècle.


63 — Autre beau plat rond en cuivre gravé entièrement
couvert d'ornements et de mascarons. Il porte au centre
les armes de la famille Diedo de Venise.


64 — Plat rond vénitien en cuivre gravé, à entrelacs et
enrichi d'incrustations d'argent, et portant au centre
les armoiries de la famille Lorres de Venise.


65 — Beau plat en étain, par FRANÇOIS BRIOT; bonne con-
servation. Diam., 49 cent.


66 — Groupe en cuivre jaune du xiii<sup>e</sup> siècle, cheval debout
monté par un enfant nu.


67 — Flambeau du xvi<sup>e</sup> siècle en cuivre, guerrier debout
sur un socle rond tenant de chaque main une bobèche.


68 — Groupe en bois sculpté, la Vierge debout tenant son
divin fils sur son bras gauche.

69 — Figurine d'ange debout et drapé en bronze doré. Travail italien du xvii<sup>e</sup> siècle.

70 — Figurine de sainte femme agenouillée en bronze doré, sur socle en bois noir.

71 — Petit buste d'empereur romain en bronze avec chlamyde en albâtre oriental, socle en marbre. xvi<sup>e</sup> siècle.

72 — Petit coffret du xvi<sup>e</sup> siècle, à figures en relief en pâte blanche sur fond d'or.

73 — Petit vase de forme surbaissée en terre cuite, supporté par trois figures d'enfants accroupis.

74 — Boussole et cadran solaire en cuivre gravé, et cadran d'argent, par *Johann Hillebrand, in Augspurg* 1648.

75 — Boussole et instrument de mathématique en cuivre gravé portant la date de 1696.

76 — Deux petits vitraux peints du xvii<sup>e</sup> siècle, à figures.

77 — Deux chenets de la fin du règne de Louis XIII, en cuivre, modèle à vase orné de guirlandes de fleurs en relief.

78 — Deux grands chenets ou landiers en fer ornés de mascarons.

79 — Médaillon ovale en bois sculpté formant bénitier ; au centre, le Christ en croix, à droite et à gauche, figures d'anges et coquille supportée par un chérubin. xvii<sup>e</sup> siècle.

80 — Porte de tabernacle en bois peint et doré du xvi<sup>e</sup> siècle représentant la Résurrection.

81 — Figure de saint personnage debout en bois de chêne.

82 — Groupe en bois de chêne, sainte Catherine.

83 — Plaque de forme cintrée en cuivre jaune repoussé représentant Adam et Ève tentés par le serpent. Dans le bas, trois bobèches porte-lumières. Allemagne, xvi<sup>e</sup> siècle.

84 — Statuette en bois sculpté peint et doré, saint Marc debout.

85 — Figure de roi-mage en bois de chêne sculpté.

86 — Figure de saint Jean portant l'agneau pascal en bois sculpté peint et doré.

87 — Grand panneau en bois sculpté du xvi<sup>e</sup> siècle représentant l'Annonciation, la Résurrection et la décapitation de saint Jean ; ces sujets sont séparés par des pilastres ornés.

88 — Deux pièces en ivoire sculpté ; dessus de drageoir
représentant le sujet d'Absalon, et amorçoir en forme
de personnage accroupi.

89 — Deux pièces en bronze ; bas-relief doré représentant
une Renommée et tête d'aigle provenant d'un pommeau
de sabre.

90 — Joli petit plat creux en cuivre repoussé. Au centre,
le sujet d'Adam et Eve.

91 — Jolie petite grille à compartiments en fer forgé.
Époque Louis XIII.

92 — Beau jonc à pomme en fer forgé et ciselé. Époque
Louis XIII.

93 — Petit fragment de retable en bois sculpté à quatre
personnages. XVI<sup>e</sup> siècle.

94 — Fragment semblable au précédent à trois personnages.

95 — Glace pour trumeau, en bois sculpté doré en partie.
Époque Louis XV.

## ÉTOFFES ANCIENNES

96 — Belle pente de lit en velours vert brodé en soies de
couleurs, ayant conservé sa bordure du temps. Époque
Renaissance.

97 — Joli tapis en velours de Gênes, à dessins rouge et vert sur fond maïs. Époque Louis XIII.

93 — Très-beau couvre-lit brodé en soie jaune sur fond gris. Le dessin se compose de scènes guerrières et champêtres, de chasses et d'ornements de la plus grande finesse d'exécution. Pièce rare.

# TAPISSERIES ET TAPIS

99 — Grande et belle tapisserie des Gobelins, représentant les Forges de Vulcain.

Haut., 2 mètres 80 cent.; larg., 4 mètres 50 cent.

100 — Belle tapisserie des Gobelins, sujet mythologique.

Haut., 2 mètres 80 cent.; larg., 3 mètres 80 cent.

101 — Belle tapisserie du xve siècle, à figures; bordure à personnages et guirlandes de fruits.

Haut., 3 mètres 50 cent.; larg., 2 mètres 10 cent.

102 — Belle tapisserie du xvie siècle; sujet tiré de l'histoire de Scipion; bordure à personnages et guirlandes de fleurs.

Haut., 3 mètres 40 cent.; larg., 3 mètres 60 cent.

103 — Beau tapis persan velouté, fond amaranthe, à bordure vert foncé.

Longueur, 4 mètres 90 cent.; larg., 2 mètres 15 cent.

104 — Autre tapis persan velouté, fond marron, à dessins blancs.

Longueur, 3 mètres; larg., 1 mètre 70 cent.